4. Auflage 2023

Die Originalausgabe erschien 2012 mit einer Textbearbeitung und -übersetzung
von Bernard Friot bei EDITIONS GLENAT, Issy-les-Moulineaux.

Der ungekürzte Text erschien unter dem Titel
»Anekdote zur Senkung der Arbeitsmoral«.

ISBN 978-3-446-24298-2

Umschlaggestaltung: Stefanie Schelleis, München
Umschlagmotiv: Emile Bravo
Satz im Verlag
Druck und Bindung: TBB, a.s., Banskà Bystrica
Printed in Slovak Republic

FSC www.fsc.org
MIX
Papier | Fördert
gute Waldnutzung
FSC® C022120

Der kluge Fischer

Text von HEINRICH BÖLL
Illustrationen von EMILE BRAVO

CARL HANSER VERLAG

In einem Hafen an der
westlichen Küste Europas …

… liegt ein ärmlich gekleideter Mann
in seinem Fischerboot und döst.

Ein schick angezogener Tourist legt eben einen neuen Farbfilm in seinen Fotoapparat, um das idyllische Bild zu fotografieren: klick.
Noch einmal: klick.
Und da aller guten Dinge drei sind und sicher sicher ist, ein drittes Mal: klick.

Das spröde, fast feindselige Geräusch weckt den dösenden Fischer …

… der sich schläfrig aufrichtet.
Eine gereizte Verlegenheit ist entstanden …

… die der Tourist durch ein Gespräch
zu überbrücken versucht:

Kopfschütteln des Fischers.
ABER MAN HAT MIR GESAGT, DASS DAS WETTER GÜNSTIG IST.
Kopfnicken des Fischers.

SIE WERDEN ALSO NICHT AUSFAHREN?
Kopfschütteln des Fischers …

… steigende Nervosität des Touristen.
OH, SIE FÜHLEN SICH NICHT WOHL?

ICH FÜHLE MICH GROSSARTIG.
AH ...
ICH HABE MICH NIE BESSER GEFÜHLT.
Der Tourist kann die Frage nicht mehr unterdrücken, die ihm sozusagen das Herz zu sprengen droht:
ABER WARUM FAHREN SIE DANN NICHT AUS?

Die Antwort kommt prompt und knapp:
WEIL ICH HEUTE MORGEN SCHON AUSGEFAHREN BIN.

WAR DER FANG GUT?

ER WAR SO GUT, DASS ICH NICHT NOCH EINMAL AUSZUFAHREN BRAUCHE.

ICH HABE VIER HUMMER IN MEINEN KÖRBEN GEHABT …
… FAST ZWEI DUTZEND MAKRELEN GEFANGEN.
Der Fischer, endlich erwacht, taut jetzt auf und versucht den Touristen zu beruhigen.
ICH HABE SOGAR FÜR MORGEN …
… UND ÜBERMORGEN GENUG.

Der Fremde setzt sich kopfschüttelnd auf den Bootsrand.
?
ICH WILL MICH JA NICHT IN IHRE PERSÖNLICHEN ANGELEGENHEITEN MISCHEN ...
... ABER STELLEN SIE SICH MAL VOR, SIE FÜHREN HEUTE EIN ZWEITES ...
... EIN DRITTES ...
... VIELLEICHT SOGAR ...

... EIN VIERTES MAL AUS ...

... UND SIE WÜRDEN DREI,
VIER, FÜNF ...

... VIELLEICHT GAR ZEHN DUTZEND
MAKRELEN FANGEN ...

... STELLEN SIE SICH
DAS MAL VOR.
Der Fischer nickt.
SIE WÜRDEN NICHT NUR HEUTE, SONDERN MORGEN, ÜBERMORGEN ZWEI-, DREIMAL, VIELLEICHT VIERMAL AUSFAHREN ...
Der Fischer schüttelt den Kopf.
WISSEN SIE, WAS GESCHEHEN WÜRDE?

SIE WÜRDEN SICH IN SPÄTESTENS EINEM JAHR
EIN MOTORBOOT KAUFEN KÖNNEN ...

… IN ZWEI JAHREN EIN ZWEITES BOOT.

IN DREI ODER VIER JAHREN KÖNNTEN SIE VIELLEICHT EINEN KLEINEN KUTTER HABEN, MIT ZWEI BOOTEN ODER DEM KUTTER …

... WÜRDEN SIE NATÜRLICH VIEL MEHR FANGEN ...
Pu! Pu! Pu! Pu! Pu!

EINES TAGES WÜRDEN SIE ZWEI KUTTER HABEN, SIE WÜRDEN …

Die Begeisterung verschlägt ihm für ein paar Augenblicke die Stimme.

SIE WÜRDEN EIN KLEINES KÜHLHAUS BAUEN ...
?

... EIN KLEINES KÜHLHAUS!

... VIELLEICHT EINE RÄUCHEREI ...

… SPÄTER EINE MARINADENFABRIK …

… MIT EINEM EIGENEN
HUBSCHRAUBER RUNDFLIEGEN …

... DIE FISCHSCHWÄRME AUSMACHEN UND IHREN KUTTERN PER FUNK ANWEISUNG GEBEN.

SIE KÖNNTEN DIE LACHSRECHTE ERWERBEN …

... EIN FISCHRESTAURANT ERÖFFNEN ...

... DEN HUMMER OHNE ZWISCHENHÄNDLER DIREKT NACH PARIS EXPORTIEREN – UND DANN ...
MIN
MINIM'S

Wieder verschlägt die Begeisterung dem Fremden die Sprache.

Kopfschüttelnd …

… blickt er auf die friedlich hereinrollende Flut, in der die ungefangenen Fische munter springen.

UND DANN
sagt er, aber wieder verschlägt ihm die Erregung die Sprache.
...
Der Fischer klopft ihm auf den Rücken, wie einem Kind, das sich verschluckt hat.
POF!
WAS DANN?
fragt er leise.

DANN ...

... KÖNNTEN SIE BERUHIGT HIER IM HAFEN SITZEN, IN DER SONNE DÖSEN – UND AUF DAS HERRLICHE MEER BLICKEN!

ABER DAS TU ICH JA SCHON JETZT, ICH SITZE BERUHIGT AM HAFEN UND DÖSE, NUR IHR KLICKEN HAT MICH DABEI GESTÖRT ...